유진형 시집 1

詩·書·畵의 사랑

詩·書·畵의 사랑

자유시가 **시조**와 **한시**로 새 각도에서 다시 조명되는 시집

유진형 목사 시집

좋은땅

차 례

시인의 말

47년간 거의 반세기 동안의 목회를 하나님 은혜 중 잘 마치고 작년에 정년 은퇴한 후 앞으로의 여생을 어떻게 보낼까 기도하며 깊이 고민하였습니다. 그동안 목회 설교를 통해 자신과 교인들의 신앙과 사랑 성화를 끌어올리는 데 주력해 왔는데 그것을 결코 멈출 수는 없다고 생각했습니다. 그런데 그것을 지속해 더욱 심화시킬 수 있는 길을 하나님이 알려주셨습니다. 그것이 바로 詩書畵의 길입니다.

다윗의 시를 보면 하나님 사랑의 신앙이 철철 흘러넘칩니다. 다윗은 그렇게 시를 짓고 또 그걸 악기 연주로 노래하면서 그의 신앙과 사랑 성화를 끌어올려 구약 최고의 성군이 되었던 것입니다. 나에게도 이미 비슷한 은사가 주어져 있었습니다. 청소년 시절부터 시를 짓고 또 글 쓰고 그림 그리는 것을 좋아했었습니다. 그동안 시간이 없어 제대로 못 했었는데 이제 본격적으로 시서화를 도모하며 다윗같이 신앙과 사랑 성화를 끌어올리며 심화시키기로 했습니다.

목회 47년간 매주 설교 한편을 즐겁게 창작하면서 나와 교인들의 신앙과 사랑을 끌어올렸었는데 이제는 매주 신앙 시 한 편을 즐겁게 창작하면서 신앙과 사랑을 더욱 끌어올리려고 합니다.

그 일을 더욱 충실히 하기 위해 육안으로 보고 쓰듯이 자유시를 쓰고, 또 그 시를 멀리서 망원경으로 보고 쓰듯이 시조로 바꾸어 쓰고, 또 그것을 아주 가까이서 현미경으로 보고 쓰듯이 한시로 바꾸어 창작하기로 했습니다. 그리고 그렇게 육안과 망원경과 현미경으로 눈으로 보고 쓴 시를 다시 사진 찍듯이 서예 글로 쓰고 또 그걸 그림으로 그려서 삽화를 넣으려고 합니다. 그런 시서화 모든 심화 과정을 통하여 신앙과 사랑을 더욱 더욱 심화시켜 가려고 합니다. 이렇게 옛부터 세 가지가 한 세트인 시서화 창작을 하는 즐거움과 희열 가운데 신앙과 사랑을 끌어올리는 여생을 보내려고 합니다.

그리고 제대로 시서화 창작을 하기 위해 춘천평생학습관과 학원 등에서 시와 서예와 그림을 공부하고 있고, 그러면서 시사문단지 자유시 신인상 등단과 한국문학예술지 시조 신인상 등단을 이뤘고 이

어서 한시 등단도 곧 하게 되리라고 생각합니다. 그리고 이번에 지난 1년간 쓴 시를 모아 시집을 내게 됐고, 앞으로 시서화 작품도 모아지게 되면 전시도 하게 되리라고 생각합니다.

나의 목적을 보다 온전히 이루기 위해 나는 무엇보다 시 창작의 원칙을 뚜렷이 세우고 모든 시를 만들고 있습니다. 첫째로, 天人地 사랑(하나님 사랑, 인생 사랑, 자연 사랑)이 담긴 시를 짓기로 했습니다. 무엇보다 하나님 사랑 곧 성화 심화를 위해서입니다. 그래서 매 시에 꼭 하나님 사랑과 신앙을 담도록 하고 있습니다. 둘째로, 기승전결의 4연으로 전개되는 온전한 시를 짓기로 했습니다. 특히 시조나 한시는 기승전결로 구성돼야만 하는 엄격한 규칙이 있기 때문입니다. 그리고 한시는 운과 평측 등 지켜야 하는 많은 까다롭고 엄격한 규칙을 엄수하며 작시하고 있습니다. 셋째로, 시의 3요소를 확실히 갖춘 시를 짓기로 했습니다. 1) 사상성 곧 주제를 확실히 해 신앙 사상을 표현합니다. 2) 음악성 곧 리듬을 확실히 하기 위해 4행 4연의 시를 지으며 내재 리듬도 살립니다. 3) 회화성 곧 영상이 그려지는 시를 짓기 위해 다양한 비유 등 묘사에 주력합니다. 그러나 가급적 이해하기 쉬운 시를 지으려고 하고 있습니다.

저는 오늘도 이러한 시서화 창작 작업을 하기 위해 아주 바쁩니다. 그리고 그 일이 아주 즐겁습니다. 그리고 그렇게 하면서 신앙과 사랑 성화를 끌어올리는 것이 너무 좋습니다.

본 시집의 제목이 '시서화의 사랑'이고 본 시집의 첫 번째 시가 바로 '시서화의 사랑'이며 거기에 제가 이상과 같이 하고 있는 이유와 의미가 또한 잘 담겨 있습니다. 그 첫 시로부터 저의 모든 시를 잘 음미하며 읽으시는 모든 분들에게도 다윗같이 신앙과 사랑이 더욱 더욱 심화되게 되시기를 기원합니다.

2023.6.5   유진형 목사

詩·書·畵의 사랑 (자유시)

2022.5.10

하늘과 사람과 땅
그 깊은 우물에서 시인은
아름답고 사랑스런 천국을
자꾸 자꾸 길어 올린다

그 시를 글과 그림으로
아름답고 사랑스럽게
더욱 더 신비하게 만들어
하늘 높이 바쳐 올린다

그렇게 사랑하며 시인은
그 사랑의 거룩한 변화를
마음 샘 깊은 곳에다
끊임없이 부어 넣는다

결국에는 마음 샘에
사랑의 행복한 생명 가득 차고
그걸 영원히 누리는 낙원이
아름답게 완성돼 간다

詩·書·畫의 사랑 (시조)

천인지 우물에서
시인은 천국 긷고

시서화 아름다움
하늘에 바치면서

결국엔 사랑 성화로
낙원 완성 얻는다

詩·書·畫之愛 (시서화의 사랑/漢詩)
시 서 화 지 애

天人地井闢乾門 천 인 지 정 벽 건 문	천인지 우물이 하늘 문을 열고
美畫書詩植宙根 미 화 서 시 식 주 근	아름다운 화서시가 천국 뿌리를 심으며
彼者心泉抹聖化 피 자 심 천 구 성 화	저 시인이 마음 샘에 성화를 부어 담을 때
終兼宇國得慈園 종 겸 우 국 득 자 원	결국 그래서 천국에 사랑의 낙원을 얻는다

9

사랑 길 (자유시)

2022.5.17

목양 사랑 품고서 걸어왔다
주인 위해 죽게 되는 충견이고 싶고
희생해 양 지키는 목견이고 싶었다

예술사랑 품고서 걷고 있다
하늘 노래와 인생 그림 지으면서
자연 놀이 하면은 참 좋겠다

구령 사랑 품고서 걷고 싶다
하늘의 한 풀어드리는 구조대원 되며
만물도 되살려내 주고 싶다

사랑 길 (시조)

희생적 목양 사랑
품고서 충성했다

천인지 예술사랑
시서화로 그리고

한 맺힌 구령 사랑의
구조대원 되련다

愛路 (사랑 길/漢詩)
애 로

懷羊牧愛我來存   목양 사랑 품고서 나는 살아왔다
회 양 목 애 아 래 존

抱藝能戀朕現跟   예술사랑 품고서 난 지금 걷고 있다
포 예 능 연 짐 현 근

擁救靈憐吾欲躞   구령 사랑 품고서 난 걸어가기를 바란다
옹 구 령 연 오 욕 섭

這慈畢了願希們   그렇게 사랑 완성에 들기를 원하고 바란다
저 자 필 료 원 희 문

하늘 사랑의 즐거움 (자유시)

2022.5.24

(기도 말씀 중생 성령 축복 예술 구령)

하늘이 그 어느 날 내게 내려와
기도 대화 데이트 즐기게 됐다

하늘 말씀 벗에게 말로 전하며
진리를 깨달으니 천국 맛이다

하늘 길보는 눈이 열리는 중생
거기에 갈 믿음이 흥분을 준다

하늘 성령 품에 날 꼭 안아주니
그 품에 참 포근한 엄마가 있다

하늘 갖다 준 비전 축복 길 가며
부흥의 목양 사랑 행복뿐이다

하늘 노래 부르며 써서 그리니
예술 사랑에 빠져 취해버린다

하늘 한 풀어드려 사람 살리니
구령 사랑 기쁨이 심장 태운다

하늘 사랑의 즐거움 (시조)

하늘과 기도 말씀
대화로 뿌리박고

중생과 성령 축복
동역해 나무 되며

예술 꽃 구령 열매로
언행 사랑 이룬다

禱設生靈福藝救 (하늘 사랑의 즐거움/漢詩)
도 설 생 령 복 예 구

禱設天談着深根　　기도 말씀 하늘 담화로 깊은 뿌리 내리고
도 설 천 담 착 심 근

生靈福役化雄援　　중생 성령 축복 동역으로 큰 나무가 되며
생 령 복 역 화 웅 원

姿花救實成完愛　　예술 꽃 구령 열매로 온전한 사랑 이루어
자 화 구 실 성 완 애

竟主神慈就幸園　　마침내 주 하나님 사랑의 행복 동산 이룬다
경 주 신 자 취 행 원

13

순교 (자유시)

2022.5.31

모든 재산 그들이
빼앗아가고
벗들 모두 등 돌려
배신을 하며

갖은 악행 당하여
목숨을 잃고
이름과 명예마저
짓밟힌대도

임만을 바라보는
내 사랑 만은
영원히 변함없이
불타오르리

그런데 주님께서
뺏긴 모든 것
재산 벗 목숨 명에
더해 주시리

순교 (시조)

온 재산 빼앗기고
벗들 다 등 돌리며

악형에 목숨 잃고
명예도 짓밟혀도

임 향한 내 사랑 축복
영원불멸 하리라

殉敎 (순교/漢詩)
순 교

被奪全財總友捐　　전 재산을 빼앗기고 모든 벗들이 날 버리며
피 탈 전 재 총 우 연

亡生惡殺毀名權　　악형에 목숨 잃고 명예 권세를 짓밟혀도
망 생 악 살 훼 명 권

從其我愛長非滅　　그를 좇는 내 사랑만은 영원불멸하리라
종 기 아 애 장 비 멸

但主離諸尚益宣　　그런데 주는 떠난 모든 것 오히려 더해 주시리
단 주 리 제 상 익 선

은퇴 (자유시)

2022.5.31

한 노인 늙는 얼굴
숨기고 싶어
젊은 척 얼굴 표정
가면 만들고

굽는 허리 감추려
가슴 펴고서
될수록 벽 뒤에서
숨어 있는데

은퇴가 쏜살같이
달려 와서는
주인 생각 도무지
묻지도 않고

저만치 앞장서서
뛰어 나가서
제멋대로 자리에
앉아 있었네

은퇴 (시조)

가면을 덮어쓰고
벽 뒤에 숨으면서

노안과 굽는 허리
숨기려 하였더니

은퇴가 앞서 나가서
이미 앉아 있었네

隱退 (은퇴/漢詩)
은 퇴

蓋套虛裝蟄後基　　가면을 덮어 쓰고 벽 터 뒤에 숨으면서
개 투 허 장 칩 후 기

衰顔曲要企藏欺　　노안과 굽는 허리 감춰 속이려 하였더니
쇠 안 곡 요 기 장 기

無恭隱退非言問　　무례한 은퇴라는 놈이 말로 묻지도 않고
무 공 은 퇴 비 언 문

恰驀前行己坐居　　쏜살같이 앞으로 가서 떡 앉아 있었네
흡 맥 전 행 기 좌 거

피에타 (자유시)

그가 죽었다
육신의 어머니가 안고 슬픔에 잠겼다
영혼의 아버지도 비탄에 젖어 외면했다

인류의 죄를 한 몸에 짊어지고
그가 죄와 함께 죽었다
그래서 죗값 사망도 죽었다

그럼 생명이 살아나는 것인가
영원한 생명이 시작되는 것인가
정녕 다시 사는 일이 일어나는 것인가

여인들에게 그 기대가 솟는다
남성들도 그 소망을 품는다
온 인류에게 서광이 비취기 시작했다

18

피에타 (시조)

매화꽃 다 떨구고
삭풍에 울던 가지

흰 눈을 살리려고
숨어서 죽었더니

춘풍에 봄눈 녹으면
꽃피우며 살리라

悲嘆 (피에타/漢詩)
비 탄

總沰梅花哭梗風   매화꽃을 다 떨구고 삭풍에 울던 가지
총 탁 매 화 곡 경 풍

生存白雪死藏全   흰 눈을 살리려고 숨어 한 가지로 죽었더니
생 존 백 설 사 장 동

融霙蕃氣居開秀   춘풍에 봄눈 녹으면 꽃을 피우며 살게 되며
융 영 춘 기 거 개 수

見厥凡心結喜豊   그걸 보는 심령마다 기쁨을 풍성히 결실하리
견 궐 범 심 결 희 풍

붉은 사랑 붉은 피 (자유시)

2022.6.14

노량 바다 앞에서 적선은 겁먹었고
철갑 덮은 배 안의 병사들은 뭉쳤다
물감을 풀어놓은 짙푸른 바다 위에
물결을 잠재우는 붉은 사랑 붉은 피

차가운 머릿속은 학자보다 더 깊고
뜨거운 가슴 속엔 연인의 심장 있다
물감을 풀어놓은 짙푸른 바다 위에
물결을 잠재우는 붉은 사랑 붉은 피

짙푸른 바닷물에 장군의 붉은 선혈
싸움이 다급하니 죽음 알리지 말라
물감을 풀어놓은 짙푸른 바다 위에
물결을 잠재우는 붉은 사랑 붉은 피

붉은 사랑 붉은 피 (시조)

노량의 앞바다를
뱃전에 우뚝 서서

팔짱을 꼬아 끼고
부릅떠 바라보니

짙푸른 바닷물 덮는
붉은 피만 끓는구나

赤愛赤血 (붉은 사랑 붉은 피/漢詩)
적 애 적 혈

魯梁海域龜船潘   노량 해역에 거북선이 요동치며
노 량 해 역 귀 선 반

冷腦深謨熱意存   차가운 머리 깊은 지혜 뜨거운 열의가 있고
냉 뇌 심 모 열 의 존

綠水將榮藏箭死   푸른 물에 장군 피 흐르나 살 맞아 죽음을 감추니
녹 수 장 영 장 전 사

靑波浪蕩赤盍墦   푸른 파도 풍랑 일렁여도 붉은 피가 묻어 버리리
청 파 랑 탕 적 황 번

21

가시는 님 (자유시)

2022.6.21

날 버리고 가시는 님
나는 버릴 수가 없고

마음속의 불덩이는
더 뜨겁게 타오른다

차라리 난 내 님 위해
이 목숨을 내드려서

영혼으로 영원토록
함께하며 있으리라

가시는 님 (시조)

돛단배 타신 님아
어이 날 버리는가

내 속의 타는 맘을
어떻게 하란 건가

차라리 목숨도 가져가
죽어 같이 하게 하소

往恁 (가시는 님/漢詩)
왕 임

棄我之恁自不捐　　　날 버리고 가시는 님 나는 버릴 수가 없고
기 아 지 탄 자 불 연

心中火塊倍爛然　　　마음속의 불덩이는 더 뜨겁게 타오른다
심 중 화 괴 배 민 연

寧余與恁吾身死　　　차라리 난 내 님 위해 이 목숨을 내드려서
녕 여 여 임 오 신 사

以魄長長合席堅　　　영혼 속에 영원토록 함께하며 있으리라
이 백 장 장 합 석 견

사랑 (자유시)

사랑은 큰 바위이다
폭풍과 장마 비와 추위와 또 더위가
야수처럼 몰아치고 달려들 때도
언제나 참으면서 그 자리를 버틴다

사랑은 어머니이다
질병과 큰 가난과 불화와 또 사망이
강도같이 겁을 주며 달려들 때도
채워주고 덮어줘 포근히 안아준다

사랑은 광신도이다
약하고 너무 작고 더럽고 또 추해서
거지처럼 뒤에 숨어 있는 자라도
누구보다 존 귀히 숭배하며 높인다

사랑은 용광로이다
온 세상 잡석들이 이리저리 뒤섞여
모래같이 다 흩어져 있을지라도
전부 다 하나 되게 한 보석을 만든다

사랑 (시조)

큰 바위 아들 보는
어머니 눈빛 보니

광신도 얼굴에서
용광로 불 뿜는다

사랑은 그렇게 불타며
영원까지 이르리라

愛 (사랑/漢詩)
애

苦內堪當愛礒支　　고난 중에도 감당해 사랑 바위는 지탱하며
고 내 감 당 애 의 지

來悲保護惠媽治　　슬픔이 와도 보호하며 사랑 어머니는 돌보시고
래 비 보 호 혜 마 치

虛微醜隱慈狂拜　　약하고 작고 추해 숨어도 사랑 광신도는 숭배하며
허 미 추 은 자 광 배

煉鍛金銀恕作其　　연단된 금은보석도 사랑 용광로가 그걸 만든다
연 단 금 은 서 작 기

사랑하리라 (자유시)

꽃이 피면
그 꽃잎을 사랑하리라
꽃이 지면
또 그것을 사랑하리라
봄이 오면 그 봄을
겨울이 오면 그 겨울을
그걸 운행하시는
당신의 손길을 사랑하리라
행복할 땐 그 행복을
불행할 땐 그 불행을
사랑의 큰손으로 붙들고
오직 사랑으로 운행하시니
나보다 나를 더 사랑하시는 당신
나에게 더 좋은 것을 주시고 싶으셔서
언제나 나를 살펴주시네
언제나 나는
당신을 사랑하리라
사랑밖에 모르는 당신
나도 당신을 사랑하리라

사랑하리라 (시조)

꽃 피면 꽃을 사랑
꽃 지면 그걸 사랑

불행도 좋은 걸로
바꿔주는 당신 사랑

날 위해 사랑밖에 모르는
당신을 사랑하리

我會愛 (사랑하리라/漢詩)
아 회 애

歡心惡況我猶慈
환 심 악 황 아 유 자
좋을 때나 나쁠 때나 나는 그대로 사랑하리라

這運行神朕惠思
저 운 행 신 짐 혜 사
그렇게 운행하시는 하나님 나는 사랑 생각 품으리

引導持憐余祖愛
인 도 지 련 여 저 애
사랑 가지고 인도하심 나는 좋아하며 사랑하리라

恒然攝理習情其
항 연 섭 리 습 정 기
항상 그렇게 섭리하시니 그를 언제나 사랑하리라

27

망부석의 한 (자유시)

언제부터 거기 그렇게 서있나
망부석의 한은 가련하다

그날을 향한 꺼지지 않는 열망
너의 넋은 태양처럼 뜨겁구나

먼 곳을 바라보는 너의 투시의 눈망울
나도 그날을 그렇게 바라보고 있다

이제 끝날 이 멀잖았다
나도 끝까지 네 곁에 머물리라

나는 즐거이 너의 눈으로 바라보리니
너의 그 뜨거운 넋으로 이 종말을 덮자구나

망부석의 한 (시조)

뒷산의 망부석은
오늘도 바라보네

뜨거운 한을 품고
그날을 기다리네

나두야 그 맘 가득하여
허공 바라보누나

望夫石之恨 (망부석의 한/漢詩)
망 부 석 지 한

今看後岸望夫坤   뒷산의 망부석을 오늘도 바라보네
금 간 후 안 망 부 곤

苦待其時抱爛怨   뜨거운 원망 품고 그날을 기다리네
고 대 기 시 포 민 원

我見虛空充幾恨   나두야 그 맘 가득하여 허공 바라보누나
아 견 허 공 충 기 한

吾団同末彼炯魂   우리 그 뜨거운 넋으로 이 종말을 덮자구나
오 단 동 말 피 동 혼

강물 (자유시)

인생은 흐르는 강물
가물 땐 바닥이 보이고
장마 땐 흙탕물 돼 범람한다

그러나 보통 땐
강물에 헤엄치는 사람
고기 잡는 사람
물을 끌어다가 농사 짓는 사람

이 강물에 어둔 밤이 내리면
밝은 달이 내려와 물에 뜨고
별들도 물이 좋아 헤엄치며 논다

흐르다 종종 나루터 만나면
나룻배 물에 띄워
손님 건네는 보람도 좋다

그런데 손님 뱃삯 많이 벌 욕심으로
나루터마다 눈 부릅떠 바라보다가
다른 것 보는 모든 눈의 웃음을
결국엔 다 잃고서 바다에 빠진다

강물 (시조)

인생은 강물처럼
흘러서 바다 가며

헤엄치게, 고기 잡게,
달과 별 놀게 하나

뱃손님 뱃삯 욕심내다가
모두 잃고 끝난다

江水 (강물/漢詩)
강 수

人生若水渴而過   인생은 강물이고 마를 때와 범람할 때가 있다
인 생 약 수 갈 이 과

反面遊揹註美多   반면에 수영 어로 농사 미관 등 좋은 것도 많다
반 면 유 서 주 미 다

問題重貪津乘價   문제는 강나루 뱃삯을 너무 탐하다가
문 제 중 탐 진 승 가

終來失總沒深河   결국엔 다 잃고서 바다에 빠지게 되는 것이다
종 래 실 총 몰 심 하

예수가 되기 위해 (자유시)   2022.7.19

한 사람 예수가 되기 위해
소년 때부터 기도로
사랑 대화 꽃 그렇게 피웠었던 게 분명해

한 사람 예수가 되기 위해
청년 때는 충성 사랑에
미치광이가 그렇게 됐었던 게 분명해

하늘과 땅이 무너지는 환란이 닥쳐
피투성이 돼 죽어가는 걸 안고 살려주신
사랑의 예수 보는 눈 확 열린 후

예수 사랑의 시 한 편 얻기 위해
노인은 어젯밤도 동 틀 때까지
꿈속이 그렇게 미로가 됐었던 게 분명해

예수가 되기 위해 (시조)

한 사람 예수 되려
기도 사랑 꽃피우고

충성 사랑 마음에
그냥저냥 머물더니

환란 때 예수 사랑 만난 후
예수 시인 되었네

與成耶穌 (예수가 되기 위해/漢詩)
여 성 야 소

祈援愛話肖耶穌　　예수 닮기 위해 기도 사랑 대화했고
기 원 애 화 초 야 소

奉事於天變熱帑　　열성분자가 돼서 주께 봉사했다
봉 사 어 천 변 열 노

覺看神心通患亂　　환란을 통해서 하나님 마음 깨달았고
각 간 신 심 통 환 란

慈詩創作夜雺于　　밤중 꿈에는 사랑 시를 쓴다
자 시 창 작 야 몽 우

그 날 (자유시)

2022.7.26

죄와 고통의 바다에 빠져
평생 허우적이다가
지옥 밑바닥으로 가라앉는 인생
그리고 그걸 바라보시는
그들을 낳으신 그분의
한 맺힌 슬픔

그러나 그들을 건져서 다 살려놓게 되는
그 날
그 날이 오면
정녕 그 날이 온다면

그때 그분의 얼굴에
함박꽃이 활짝 피어나고
그들의 가슴에
생명수 샘이 솟아 넘칠 때

나는 그게
너무 너무도 좋아
일어나 각시탈 춤이라도 춰대고
목청껏 명창 흉내도 내면서
내 넋이 정말로
몸 안에 있는지 몸 밖에 있는지
도무지 알 수 없게 될 거야

그 날 (시조)

인생의 죄와 고통 보시는
그분의 슬픔

건져서 살려놓는
그 날이 오게 되면

나는야 춤이라도 추며
나를 잊게 될 거야

其 日 (그 날/漢詩)
기   일

罪苦人生觀主哀   죄와 고난의 인생을 바라보시는 주님의 슬픔
죄 고 인 생 관 주 애

其回脫日湏俠來   그 고난 슬픔 돌려 건지는 그 날이 결국 온다면
기 회 탈 일 회 래 래

天悲化笑憂成幸   주의 슬픔이 웃음 되고 인간 고난이 행복 될 때
천 비 화 소 우 성 행

我舞歌中竟失猜   나는 춤추고 노래하며 마침내 시름을 잊게 될 거야
아 무 가 중 경 실 시

사랑 나무 (자유시)

2022.8.24

봄에는
꿈을 꾸리라
위대한 열매 향한 싹을
가슴에 품는 소년이 되리라

여름에는
기도를 하리라
녹음져 짙푸른 나무를
주님과 일구는 청년이 되리라

가을에는
희생을 하리라
예쁘게 피어난 꽃을
기꺼이 떨구는 장년이 되리라

겨울에는
사랑을 하리라
임을 위해 맺은 열매를
드리며 즐기는 노년이 되리라

사랑 나무 (시조)

봄에는 꿈을 꾸며
싹틔우는 소년 되고

여름엔 기도하며
숲 만드는 청년 되고

가을엔 희생 사랑하며
겨울 맞아 노년 되리

愛 木 (사랑 나무/漢詩)
애 목

春夢童始可開芽　　봄에 꿈을 꾸는 소년이 새싹을 틔우며
춘 몽 동 시 가 개 아

夏禱靑年墾愛嘉　　여름에 기도하는 청년이 사랑을 경작하고
하 도 청 년 간 애 가

秋棄壯齡能落秀　　가을에 포기하는 장년이 기꺼이 꽃을 떨구나
추 기 장 령 능 락 수

冬仁耆老與彈花　　겨울에 사랑하는 노년이 그 열매를 드린다
동 인 기 노 여 탄 화

하얀 하늘 (자유시)

하늘이 나를 속였을 때
하늘과 땅이 새까매졌을 때

하늘을 보는 가슴엔 화산이 터지고
땅을 딛는 발은 수렁에 빠질 때

그때 다른 눈으로 하늘을 보면 거기 무지개가
다시 땅을 보면 거긴 새싹이

나를 일으켜 세워 알게 하네
하늘과 땅은 본래 하얀 것임을

하얀 하늘 (시조)

하늘이 나를 속여
천지가 까매질 때

가슴엔 화산 솟고
발은 늪에 빠질 때

다시금 천지를 보니
본래 흰 것이었네

白 天 (하얀 하늘/漢詩)
백　　천

神欺我見黑寰疆　　하늘이 나를 속여 천지가 까매지고
신 기 아 견 흑 환 강

臆裏爔山足沒塘　　가슴엔 화산 솟고 발은 수렁에 빠질 때
억 리 희 산 족 몰 당

再看天坤虹與茁　　그때 다시 천지 보면 무지개와 새싹이 보이고
재 간 천 곤 홍 여 줄

吾知六合白光當　　나는 천지를 알게 되네 본래 하얀 것임을
오 지 육 합 백 광 당

39

나는 비가 좋다 (자유시)

2022.9.6

나는 비가 좋다
비 오는 날도 나를 좋아한다
비 오는 날 창밖을 물끄러미 내다보면
그 빗물이 흘러들어와 내 맘 속에 호수를 만든다

창밖의 빗물 장벽이 나를 포근히 감싸준다
세상의 무의미한 소음을 차단해 준다
그래 내 맘 속의 호숫가를 거닐면서
조용히 묵상하는 게 어릴 때부터 나는 너무 좋다

그때 사색의 호숫가 안개에 포근히 감싸여
나의 근 원자와 만나 같이 거닐면서
다정하게 조용히 속삭일 때
거기서 맑은 날 못 보는 진리를 보게 된다

그 진리의 안개비를 맞으며 계속 거닐다보면
그 비에 촉촉이 젖은 내 가슴에
멋진 한 떨기 꽃이 피어난다
온 인류가 열망하는 파라다이스다

나는 비가 좋다 (시조)

나는야 비가 좋다   비에 갇힌 내가 좋다
내 속에 계신 주와 대화하는 것이 좋다
진리의 단비 맞으며 천국 꽃을 피워 좋다

我好雨 (나는 비가 좋다/漢詩)
아 호 우

降雨於吾好互存
강 우 어 오 호 호 존
내리는 비와 나는 서로의 존재를 좋아하고

來心內海造湖源
래 심 내 해 조 호 원
흘러 들어온 맘속의 비가 호수 근원을 만든다

窓觀水壁遮嗸世
창 관 수 벽 차 오 세
창에 보이는 빗물 벽이 소음 세상을 막아주고

散策河邊給默根
산 책 하 변 급 묵 근
맘 속 호숫가 산책이 묵상의 뿌리를 갖다 준다

霧下逍遙逢創主
무 하 소 요 봉 창 주
그 안개 아래에서의 소요가 창조주를 만나게 하고

神中對話覺眞門
신 중 대 화 각 진 문
하나님 안의 대화가 진리의 문을 깨닫게 한다

天言微微涵余臆
천 언 미 미 함 여 억
그 하나님 말씀의 안개비가 내 가슴을 적시고

以哲開花授樂園
이 철 개 화 수 낙 원
그 앎으로 핀 꽃이 파라다이스를 가져다준다

구름 (자유시)

저 구름 둥실 떠서
어디로 가나
인생을 보이면서
뭘 하러 가나

가면서 조금조금
변장도 하며
무엇을 하고 싶어
바쁘게 가나

어제까지 시커먼
괴물이더니
오늘은 왜 저렇게
예쁜 것인가

그렇군 맞아 맞아
하늘님 만나
영원히 사랑하러
가는 거구나

구름 (시조)

구름은 인생처럼
흘러서 가고 있네

어제의 괴물 모습
새하얀 예쁜이 돼

임 만나 사랑 나누려고
가는구나 저렇게

雲 (구름/漢詩)
운

盡去示人世　　구름은 간다 인생을 보이며
진 거 시 인 세

變裝快步歡　　변장하며 숨 가쁘게 간다
변 장 쾌 보 환

玄云將美女　　검은 구름 흰 미인 되어
현 운 장 미 녀

爲愛見郞官　　낭군 만나 사랑하러 간다
위 애 견 랑 관

바람이 불면 (자유시)

2022.9.20

바람이 불면
소나무 갈나무 손잡고 울다가
애태우는 두 가슴이
창틈에 낀다

바람에 쫓겨 가는 구름에
자꾸만 맺혀가는 눈물방울도
나의 창을 때리며
창에 붙는다

그런데 바람에 옷깃 날리는
한 노인의 주름진 얼굴 가득히
화안한 함박꽃이
피어서 웃고 있다

가만 보니 내 가슴속에도
오늘 새벽 기도 중 받은 불 한 덩이가
바람에 점점 더 타오르면서
나를 덥히며 살리고 있다

바람이 불면 (시조)

바람에 우는 나무
그 소리 창에 끼고

쫓기는 구름 속의
눈물이 창 때리나

노인의 얼굴 가득히
하늘 은혜 환하다

若風吹 (바람이 불면/漢詩)
약 풍 취

風中哭木臆函窓　　바람에 울던 나무 가슴이 창에 끼고
풍 중 곡 목 억 함 창

被逐浮雲涕淚龐　　쫓기는 구름 속의 눈물이 뿌려지나
피 축 부 운 체 루 방

耆老皺顔花滿發　　노인의 주름진 얼굴에 환한 꽃이 피었고
구 로 추 안 화 만 발

主恩火舂我心舂　　주가 주신 불덩이가 내 가슴속에 솟네
주 은 화 용 아 심 홍

소양강 다리 아래 (자유시)

2022.10.4

소양강 다리 아래 강물은 흐르고
내 인생도 강물같이 흘러만 간다
강다리는 묶여있고 강물만 신이 났다
나도 발이 묶였고 내 생애만 달려간다

강물은 흘러도 물에 뜬 초승달
언제나 그 자리에 죄수로 갇혀있고
내 인생 흘러도 내 맘 속 숨은 꿈
언제나 그곳에 숨 못 쉬고 잡혀 있다

이제는 태풍과 먹구름까지 가득하며
고난 연단 쓴 쑥만 먹어야 된다
달도 별도 가려져서 보이지를 않고
꿀송이 꿈같은 건 생각할 수도 없다

그래도 한 바람이 먹구름 몰아내고
보름달이 강물에 두둥실 뜨는 그 날
나의 고난을 주가 다 몰아내 주시고
평생의 비전이 열매 맺게 될 것인가

소양강 다리 아래 (시조)

소양강 다리 아래
인생 강 흘러갈 때

초승 달 나의 꿈은
구름에 가렸으나

주께서 먹구름 쫓고
보름달 꿈 이루시리

昭陽江橋下 (소양강 다리 아래/漢詩)
소 양 강 교 하

橋吾住止水湲忠   다리와 나는 멈춰있고 충실하게 물 흐르며
교 오 주 지 수 원 충

世上河流鎮月夢   세상 강은 흘러가면서 달 꿈을 누르는구나
세 상 하 류 진 월 몽

難題到來塗所望   큰 문제 몰려와서 달 꿈 소망 가려버리지만
난 제 도 래 도 소 망

天神逐亂賜成功   하늘 신이 고난 쫓고 달 꿈 성공 주시리라
천 신 축 란 사 성 공

대구령 (大救靈/자유시)

2022.10.11

남이 볼까 봐 골방에 들어앉아
이 대구령 시를 쓴다
하늘땅은 자태만 뽐내며 무심히 흐르고
현실도 관심이 없으니 답답해서 기도를 쓴다

스스로를 자랑하는 인간이라지만
실은 먼지만도 못한 내가 너무 싫다
자기의 영혼구원 완성마저도
왜 이리 자꾸 벽에 막히는 걸까

마침내 사람들은 아우성치며
죄와 고난 못 이겨 죽어가고 있고
스올은 큰 입을 벌리고 노려보면서
으르렁거리고 있으니 어찌해야 한단 말인가

그러나 창조주 시퍼렇게 살아계셔서
재창조 대구령 예언대로 이루실지니
내두야 골방에서 이 시를 쓴다
이 대구령 시를 쓴다

대구령 (大救靈/시조)

하늘 땅 무심하고
인간 나 무능하며

사람들 죄와 고난
못 이겨 지옥 가나

창조주 살아계시니
대구령 시를 쓴다

大救靈 (대구령/漢詩)
대 구 령

天地無心實莫靑　　하늘과 땅 무심하며 현실도 젊음 없고
천 지 무 심 실 막 청

人吾赤技否求馨　　인간 나 무능하여 자기 구원(완성) 못하며
인 오 적 기 부 구 형

民沈罪苦何逃獄　　사람들 죄와 고난에 빠져 지옥 못 면하나
민 침 죄 고 하 도 옥

信主吟詩大救靈　　주 (사심) 믿고 시를 짓네, 대구령 시를
신 주 음 시 대 구 령

양의 고백 (자유시)

나를 약하다고들 하네요
그런데 엄마 같은 주인님이 있어서 좋아요
숲 속에서 튀어나오는 늑대도 겁 안 나구요
골짜기에 빠질 일도 없으니 난 너무 좋아요

나를 순하다고들 하네요
그런데 순하게 순종해 주인님 따라가는 게 좋아요
푸른 풀밭 쉴 만한 물 가로 데려다주시니 좋지요
그 그림 같은 풍경도 너무 아름답지 않나요

내가 희생한다고들 하네요
그런데 나의 젖과 털 그리고 살까지도
나를 늘 사랑해 주시는 주인님께 드리는 게 좋아요
목숨까지 내놓으신 구주처럼 드리는 게 좋아요

그런데 나는 결국 길이길이 사는 것 같아요
주인님의 양모 옷과 이불과 살과 피로 말이에요
마치 나를 닮은 주의 백성이 영원히 살듯이
나도 영원히 살아남는 것 같아 너무 좋아요

양의 고백 (시조)

나는요 약해서요
주인님 보호받고

순하게 순종하며
평생을 따르다가

자신을 주인님께 드려
결국 길이 남지요

羊之告白 (양의 고백/漢詩)
양 지 고 백

我弱人看糖	나는 약해도 주인 보호해주시니 좋고
아 약 인 간 당	
順從往草康	순하게 순종해 초원에 가니 즐겁다
순 종 왕 초 강	
犧牲更愛滿	희생으로 사랑 갚게 돼서 족하며
희 생 경 애 만	
服寢永存王	옷과 침구 등으로 길이 남아서 최고다
복 침 영 존 왕	

돌아올 거야 (자유시)

꿈마다 나타나는 그 모습이여!
눈으론 볼 수 없는 그 모습이여!
오래전 떠나버린 내 희망이여!
내게는 모든 것인 내 기쁨이여!

별들은 셀 수 없이 빛을 뿜내나
너만은 어느 별로 숨어 있는가
유일한 나의 사랑 내 아들이여!
끝까지 포기 못할 내 목숨이여!

누구나 할 수 있는 실수하고서
두려워 떠나버린 불쌍한 자식
지금도 그 어디서 죽을 고생을
끝없이 짊어지고 헤맬 것인가

그러나 그 어느 날 가슴 밑에서
사랑이 솟아나서 울부짖다가
엄마의 품을 향해 막 뛰어드는
아이처럼 나에게 돌아올 거야

돌아올 거야 (시조)

꿈마다 나타나는
집 나간 내 아들아

빛나는 별들 사이
어디 숨어 고생하나

그러나 사랑 솟아나
나의 품에 돌아오리

其歸還 (돌아올 거야/漢詩)
기 귀 환

夢中每顯脫家郎　　꿈마다 나타나는 집 나간 아들아
몽 중 매 현 탈 가 랑

燦暳星間隱某方　　빛나는 별들 사이 어디에 숨어 있나
찬 혜 성 간 은 모 방

失手因逃何苦亂　　실수로 도망가 그 무슨 고생 하나
실 수 인 도 하 고 난

將生愛戀涕歸鄉　　그러나 사랑 솟아나 울면서 돌아오리
장 생 애 련 체 귀 향

나무는 사람이다 (자유시)

2022.11.1

저 나무의 뿌리에
사람이 들어 있다
끈질긴 힘을 뻗쳐
자기를 지탱한다

저 나무의 둥치에
삶이 어리어 있다
구비지고 갈래진
절절한 사연 있다

저 나무에 핀 꽃에
사랑이 피어 있다
여리게 웃으면서
내 눈을 잡아끈다

저 나무의 열매에
생명이 열려 있다
뿌리 위 둥치 속엔 꽃 뒤에 열매 있고
사람의 삶 속에는 사랑의 생명 있다

나무는 사람이다 (시조)

저 나무뿌리에는
사람이 들어있고

저 나무 둥치에는
그 삶이 들어 있다

사랑 꽃 활짝 피우며
생명 열매 맺는다

木人也 (나무는 사람이다/漢詩)
목 인 야

人間有木因　　저 나무뿌리에는 사람이 들어있고
인 간 유 목 인

生活在其身　　저 나무 둥치에는 그 삶이 들어있다
생 활 재 기 신

愛戀湛開秀　　저 나무에 핀 꽃에 사랑이 담겨있고
애 련 담 개 수

生存系果眞　　저 나무의 열매에 생명이 열려 있다
생 존 계 과 진

고향에서 들린 말 (자유시)   2022.11.8

앞들과 뒷 야산 사이에 아기처럼 안겨 있던 마을
옹기종기 모인 집들이 옛 얘기 도란거리던 내 고향
미술 반 화판 들고 다니며 풍경화 그릴 때마다
샛별이 된 나의 눈에 들리던 말 "세상은 아름답지?"

초가집 창호지 문이 겨울바람 다 막겠다고 버텨서
등잔불 끄고 이불을 머리까지 덮고 잠을 청했지만
화롯불 구들장 다 식어 대접 물도 언 것 보며 깰 때
고슴도치 된 온 몸에 들리던 말 "인생은 고생이지?"

용기네 대문 앞 공터가 큰 소리로 불러 모은 아이들
자치기 구슬치기 딱지치기 하며 서로 겨루다가
땅따먹기 싸우다 엄마가 불러 툭툭 털고 집에 갈 때
사시나무 된 팔다리에 들리던 말 "욕심은 헛것이야!"

옆 마을 남산봉 눈앞의 전경이 그 자태를 뽐낼 때
꿈과 비전을 품고 눈을 더 높이 들어 하늘을 보면
그분에 대한 분홍빛 마음이 솟는 게 느껴지면서
불덩이가 된 가슴속에 들리던 말 "사랑만이 영원해!"

고향에서 들린 말 (시조)

내 고향 풍경 보니 세상은 아름답고
초가집 겨울 추위 인생은 고생이나
땅 뺏기 욕심 버리고 사랑하면 영원해

故鄉之言 (고향에서 들린 말/漢詩)
고 향 지 언

吾鄉宅會話情觀　　　내 고향 집들 모여 정담을 나눴고
오 향 택 회 화 정 관

美術描時括娜乾　　　미술을 그릴 때 아름다운 천지를 담았다
미 술 묘 시 괄 나 건

酷節冬寒非可寢　　　독한 계절 겨울 추위에 잠을 못 이뤘고
혹 절 동 한 비 가 침

氷霜室內覺生難　　　얼음 어는 실내에선 인생고를 깨달았다
빙 상 실 내 각 생 난

兒童集洞樂遊戲　　　아이들 모인 동네에선 놀이를 즐겼고
아 동 집 동 낙 유 희

彼侲僮鬪感總拌　　　그 아이들 싸우다가 모두 잃는다는 걸 알았다
피 진 동 투 감 총 반

上里南山提大志　　　윗마을 남산에서 큰 뜻을 키우다가
상 리 남 산 제 대 지

持其恁夢抱慈安　　　그분에 대한 꿈을 갖고 사랑의 평안 품게 되었다
지 기 임 몽 포 자 안

개울가의 작은 집 (자유시)

2022.11.15

뒷산서 흘러온 물
연주를 하고
앞들 위에 구름이
그림 치는 곳

개울가 작은 집에
빗님 오실 땐
창밖의 그를 보며
시 쓰고 싶다

비 갠 날 텃밭에서
채소와 놀다
나무 위 새 소리도
귀로 맛보며

아내와 도란도란
성 쌓기 하다
하늘님 노래 맞춰
춤추고 싶다

개울가의 작은 집 (시조)

산 개울 연주 소리
초원 위 그림 구름

개울가 작은 집서
빗소리 시도 쓰고

텃밭서 아내와 놀다
하늘님과 춤추리

川邊小宅 (개울가의 작은 집/漢詩)
천 변 소 택

山河演奏草雲娥   산 개울 연주와 초원 구름의 아름다움에
산 하 연 주 초 운 아

水側居堂作雨歌   개울 가 사는 집에서 빗노래 시를 짓고
수 측 거 당 작 우 가

畽事佳娛遊鳥樂   텃밭 일 놀이 하다 새의 음악도 즐기며
탄 사 가 오 유 조 악

俱妻築郭共天娑   아내와 성을 쌓고 하늘과 춤을 추리라
구 처 축 곽 공 천 사

59

하늘과 땅 (자유시)

해바라기처럼 해가 웃는 날이다
고추를 길을 다 막고 제마당인 양 널어놓는다
사람은 죄 인 줄도 모르고 그냥 그렇게 산다
땅의 사람은 하늘 심판엔 전혀 관심이 없다

갑자기 먹구름이 밀물처럼 몰려든다
하늘이 눈을 번쩍이며 고함을 쳐댄다
하늘 징계 고난에 쩔쩔매며 하늘로 손 뻗는다
하늘이 먼저 손 붙잡아 매 주려고 겁 준 것이다

소낙비가 머리 위까지 왔다
고추들이 허둥지둥 집 안으로 쫓겨 들어간다
사람은 후회하며 하늘을 믿고 붙잡는다
땅의 사람이 하늘을 붙잡으며 자길 하늘에 맨다

폭우가 온 땅을 두들겨 팬다
그러나 고추는 집안에서 웃고 있다
하늘이 붙잡아 인도해 구원해 준 것이다
결국 하늘이 붙잡아 매준 것이라 참 좋다

하늘과 땅 (시조)

사람이 하늘 없이
죄 짓고 살아갈 때

하늘은 징계하며
맬 준비해 주시고

사람이 땅에서 맬 때
하늘서도 매신다

天與地 (하늘과 땅/漢詩)
천 여 지

世者無天行罪泯   사람이 하늘 없이 죄 짓고 망하려 할 때
세 자 무 천 행 죄 민

乾爲處罰準包身   하늘은 처벌하며 맬 준비를 하시고
건 위 처 벌 준 포 신

人間悔改依神結   사람이 회개하며 하늘 의지해 자길 매면
인 간 회 개 의 신 결

宇是拏旽救衆民   하늘도 매 주시며 사람 구원하신다
우 시 라 맹 구 중 민

산속의 밤 (자유시)

인적은 이미 끊어졌고
산새도 노래를 그치고 잠들었다
풀벌레만 홀로 외롭게 우는데
산속에서 밤에 홀로 우는 나를 닮았다

소리쳐 부르짖어도
공허한 메아리만 미아처럼 헤맨다
단풍잎은 자꾸 이어 떨어져
허무한 종말을 쌓고 있다

달도 별도 어디로 가버린 새까만 밤
버림받고 다 잃고 병든 죽음 앞의 나와 같다
그런데 이 칠흑 같은 어둠은
오히려 새벽빛을 부르는 걸까?

아침 햇살이 산장 창틈을 비집고 들어올 때
그대가 문 앞에 이르러
문 두드리는 소리는
새까만 어둠이 다 물러가는 소리

62

산속의 밤 (시조)

풀벌레 홀로 우는
산속의 고독한 밤

단풍잎 떨어지며
메아리 헛되지만

고난의 밤만 지나면
광명한 날 오누나

山中夜 (산속의 밤/漢詩)
산 중 야

草豸孤鳴山夜崙　　풀벌레 홀로 우는 산속의 밤중 거기에
초 치 고 명 산 야 륜

丹楓葉落響音墦　　단풍 잎 떨어지며 메아리 소리 헛되지만
단 풍 엽 락 향 음 번

咸亡得病艱昏過　　다 잃고 병에 걸린 고난의 밤 지나면
함 망 득 병 간 혼 과

華麗光來獲救援　　화려한 빛이 오고 구원 해결 얻는다
화 려 광 래 획 구 원

하늘 (자유시)

2022.12.6

하늘은 너무나 높고 넓으며
그 끝을 보여주지 않는다
끝이 없는 그의 영원함에 기가 죽는다
완전해서 불변하기 때문에 영원한 것이다

하늘을, 우리의 파아란 가을 하늘을
잿빛 유럽으로 수출하고 싶다
파랗게 깨끗한 그의 거룩함에 경외심이 솟는다
공의와 신실함 때문에 거룩한 것이다

하늘이 거느린 해와 구름의 권능이
생명을 만드는 기적을 이루기도 하나
그가 전능한 심판의 손으로 그걸 휘둘러
천둥과 폭풍으로 벌벌 떨게도 한다

그러나 어디에나 가득 찬 그 하늘님이
다가와 나를 안아주고 내 속에까지 들어와
사랑과 자비가 뭔지 알게 하시니
나는 그가 너무너무 좋다

하늘 (시조)

하늘이 높고 넓어
영원함에 기가 죽고

파아란 거룩함에
경외심 솟아나나

폭풍의 전능함에 떨다가
사랑 품에 안긴다

天 (하늘/漢詩)
천

天是弘高常永惜　하늘이 넓고 높아 영원함에 기가 죽고
천 시 홍 고 상 영 기

靑之聖潔敬心宜　파아란 거룩함에 경외심 마땅히 솟아나며
청 지 성 결 경 심 의

陽雲處罰驚威栗　해와 구름 전능 심판에 벌벌 떨지만은
양 운 처 벌 경 위 률

遍在乾神愛抱委　편재한 하늘님의 사랑 품에 안기게 된다
편 재 건 신 애 포 위

65

발레 (자유시)

차이콥스키의 백조의 호수
발레 공연 리허설이다
벌떼 같은 발레리나 발레리노들
나비처럼 새처럼 무대를 날아다닌다

왜 하필 발끝으로 서서
로봇처럼 걷고 뛰며 날음질할까?
새의 공간인 높은 하늘을 지향하기 위해서고
발끝에서 힙까지 쭉 뻗은 각선미를 위해서란다

축구 경기만큼이나 힘들다는 발레
발목 부상, 발톱 빠짐, 굳은살, 못생겨진 발
그런데도 형벌 같은 그 중노동을 왜 할까?
왠지 좋으니까 한단다

공연 날 관중 향해 새들의 둥지를 연다
백조의 저주를 사랑으로 푼단다
천상의 소리 같은 음악과 신비한 천사들의 춤
너무 좋아 진한 감동의 여운이 남는다

발레 (시조)

새처럼 나비처럼
날으는 발레리나

새 같이 하늘 향해
발끝을 치세우며

고통을 참아가면서
진한 감동 남긴다

芭蕾 (발레/漢詩)
파 뢰

鳥蝶形飛芭蕾跜 조 접 형 비 파 뢰 니	새처럼 나비처럼 날으는 발레 춤
禽容向宇建隨錐 금 용 향 우 건 수 추	새 같이 하늘 향해 발끝을 치세우고
堪當苦痛投全體 감 당 고 통 투 전 체	고통을 참아가며 온몸을 던지는데
天使僊歌響感思 천 사 선 가 향 감 사	천사 춤과 음악이 심금을 울린다

길 가는 저 사람 (자유시)

2022.12.21

숲길을 나온 후에
푸른 논 밭길
먼 하늘 바라보며
가는 저 사람

앞산에 걸려있는
석양을 보며
굽어진 팔십 리 길
가는 저 사람

다리에 힘이 빠져
쉬려 하다가
뜨거운 가슴 땜에
다시 일어나

어느덧 앞 산 위에
뜬 달을 보며
세월처럼 쉼 없이
가는 저 사람

길 가는 저 사람 (시조)

숲길 끝 논밭 길을
흐르듯 가는 사람

석양을 바라보며
팔십 리 길 가는데

쉬려다 다시 일어나
뜬 달 보며 가는구나

行路彼人 (길 가는 저 사람/漢詩)
행 로 피 인

林前畓路走行民　　숲길 끝 논밭 길을 달리듯 가는 사람
임 전 답 로 주 행 민

見夕陽之八十鄰　　석양을 바라보며 팔십 마을을 가는데
견 석 양 지 팔 십 린

又以炎胸悷起立　　불타는 가슴 때문에 또다시 기꺼이 일어나
우 이 염 흉 이 기 립

尤增瞻月不休輪　　더욱더 달을 보며 쉼 없이 용쓰며 가는구나
우 증 첨 월 불 휴 륜

겨울 연가 (자유시)

흰 눈이 솜털처럼
내려앉으니
지저분한 온 세상
산수화된다

동장군 겁이 나서
롱 코트 입고
망아지처럼 뛰어
우리에 든다

난로 불 뜨거움이
꿀송이 같고
가슴에도 불송이
솟아오른다

편지를 읽으면서
마음 느껴져
마음 담아 몇 마디
나도 보낸다

겨울 연가 (시조)

흰 눈이 내려오니 온 세상 산수화라
동장군 겁이 나서 우리에 뛰어들어
난로 불 불송이 담아 나도 연가 보낸다

冬戀歌 (겨울 연가/漢詩)
동 연 가

白雪給柔綿 백 설 급 유 면	흰 눈이 부드러운 솜털을 내려주고
汚坤畵美天 오 곤 화 미 천	더러운 땅에 아름다운 하늘을 그린다
寒憛加厚服 한 장 가 후 복	동장군 두려워 두꺼운 옷을 입고
馬貌索溫圈 마 모 색 온 권	망아지 모양으로 따뜻한 곳을 찾는다
鎉熱餐團蜜 탑 열 찬 단 밀	난로 불 뜨거움이 송이 꿀을 먹여 주고
胸爐甬火堅 흉 로 용 화 견	가슴의 화로에도 불덩이를 담는다
觀經知愛志 관 경 지 애 지	성경을 보면서 사랑 마음을 알게 되어
向主迗慈泉 향 주 송 자 천	주님 향해 사랑 샘물을 퍼서 보낸다

눈꽃 (자유시)

2023.1.4

꽃 피우고 싶었어요
못 피우는 절망을 곱씹고 있었지요
잘 피우는 나무가 일 년 내내
너무 너무 부러웠어요

임을 기다렸어요
고독에 울고 있었지요
사람들이 몰려드는 벚꽃나무에
미운 맘이 솟아나더라고요

그러나 꽃이 피고 임이 왔어요
시커먼 내 손 끝에 하얀 눈꽃이 피었지요
수많은 사람들이 날 보러 왔어요
저주 고통 삶에 인기와 찬사가 임한 거예요

하늘이 주신 거예요
불임 나무에 눈 꽃 옷을 입혀주셨지요
모두가 외면한 나에게
하늘이 임을 보내 주신 거예요

눈꽃 (시조)

꽃피는 나무 보고
일 년간 부러웠죠

임 만난 벚꽃 나무
너무나 미웠어요

하늘이 눈꽃 주시니
사람 몰려오네요

雪花 (눈꽃/漢詩)
설 화

觀開秀木羨總旬　　　꽃피는 나무 보고 늘 항상 부러웠죠
관 개 수 목 선 총 순

遇任春櫻甚厭辛　　　임 만난 벚꽃 나무 너무 싫고 미웠어요
우 임 춘 앵 심 염 신

但發霙花人會集　　　그러나 눈꽃이 피고 사람이 몰려들었어요
단 발 영 화 인 회 집

天神下賜召招民　　　하늘이 내려 주시고 불러 주신 거지요
천 신 하 사 소 초 민

사랑은 주는 것 (자유시)

사랑은 주는 것
주면서 행복한 것
받기만 좋아하는 동네에서
욕심 불행 마을에서 벗어나는 것

욕심 요물을 사람들은 평생 좇지만
욕심 채우는 과정이 암벽 오르기고
채우면 욕심 빈 바구니만 오히려 더 커질 뿐
결코 채울 수 없는 블랙홀 같다

그러니 확 돌이켜야 해
받는 쪽 아닌 주는 쪽으로 가야 해
욕심 불행은 그냥 깡통 차듯 차 버려야 해
사랑 행복을 연인 붙잡듯 붙잡아야 해

사랑 마을 쪽으로 가야 돼
주는 동네로 아주 이사 가야 돼
사랑은 주는 것
주면서 행복한 것이니까

사랑은 주는 것 (시조)

사랑은 주는 거고
주면서 행복한 것

욕심은 받을수록
욕심 불만 커지는 것

사랑의 마을로 가야
주는 행복 누린다

愛而授 (사랑은 주는 것/漢詩)
애 이 수

施慈當幸福　　사랑으로 주는 게 행복을 주지만
시 자 당 행 복

受慾殖非祺　　욕심으로 받는 건 불만만 키운다
수 욕 식 비 기

棄路行新道　　가던 길 버리고 새 길로 가야하고
기 로 행 신 도

之情則有禧　　사랑 마을로 가야만 행복이 있다
지 정 즉 유 희

눈이 내린다 (자유시)

2023.1.18

소리 없이 눈이 내린다
색시처럼 얌전하게 다가온다
하늘에서 하늘하늘 내려온다
하늘님이 땅으로 소풍 나온다

춤추듯이 눈이 날린다
파티장 손님처럼 춤을 날린다
웃으며 온몸 다해 날음질한다
박사 같은 날개로 날갯짓한다

만물 위에 눈이 덮힌다
지붕에도 장독에도 머리에도 덮힌다
천지가 아름다운 한국화된다
시궁창도 다 덮여 깨끗해진다

소복소복 눈이 쌓인다
통장 잔액 쌓이듯 두둑해진다
무쇠 같은 큰 힘이 자꾸 쌓인다
새 역사가 꿈틀대는 것이 보인다

눈이 내린다 (시조)

조용히 하늘에서
흰 눈이 소풍 오고

춤추듯 날개 치며
날라서 내려온다

온 천지 깨끗해지고
새 역사가 움튼다

雪下降 (눈이 내린다/漢詩)
설 하 강

因天靜雪樂消風　　하늘에서 조용한 눈이 소풍을 오고
인 천 정 설 낙 소 풍

鳳舞飛來逝下空　　춤추듯 날개 치며 아래로 내려온다
봉 무 비 래 서 하 공

總蔀諸般凡地潔　　모든 걸 다 덮어 온 땅이 깨끗해지고
총 부 제 반 범 지 결

多多築力闢歷曈　　두둑하게 쌓인 힘이 역사 시작을 연다
다 다 축 력 벽 역 동

제주 보름 살이 (자유시)

제주 보름 살이를 떠난다
차도 승객이 돼 나와 함께 배 타고 간다
늘 반복되는 일상을 떠나
쉬며 힐링하러 원족을 간다

왜 이리 내게 보여주고 싶은 것들이 많을까
해변과 수목원들의 자연이 좋다
박물관과 민속촌에 들어있는 인간도 보며
관객이 돼 남을 엿보는 재미가 쏠쏠하다

이국적인 탐라국에 와 보니
야자수와 종려수가 어디에서나 자태를 뽐낸다
삼다와 삼무의 딴 나라에서
체험 농장의 감귤을 따서 육지 나라로 보낸다

그런데 주님과 대화 교제를 하고 싶어도
그럴 시간과 환경을 이 섬이 아니 준다
하지만 그분은 여전히 날 기다리고 계시니
다시금 평범하나 즐거운 그 일상으로 돌아온다

제주 보름 살이 (시조)

제주도 보름 살이
쉬면서 힐링한다

이국적 자연 보며
재미가 쏠쏠하나

주님과 교제하는 일상에
서둘러 돌아온다

濟州二週生 (제주 보름 살이/漢詩)
제 주 이 주 생

耽羅半月供休康　　　탐라국의 보름 동안이 쉼과 편안함을 준다
탐 라 반 월 공 휴 강

見異邦然爽快昌　　　이국적 자연을 보는 재미가 커다란 해진다
견 이 방 연 상 쾌 창

但主交遊平素燥　　　그런데 주님과 교유하던 평소 일상이 말라버려
단 주 교 유 평 소 조

歸還舊活得凡糖　　　옛 일상으로 돌아와 평범한 달콤함을 되얻는다
귀 환 구 활 득 범 당

천지 창조 (자유시)

2023.2.1

혼란스럽고 텅 비고 캄캄함이
빛을 낳았다
보인다 보기에 좋다
해 달 별들이 그림처럼 아름답다

하늘과 바다도 생겨 깊은 속을 숨기려고
시퍼렇게 색칠을 했기 때문에
새와 물고기들도 나타나 마음껏 헤엄치며
놀며 살기에 거기가 유원지처럼 좋다

그런데 땅 위의 풀과 나무들과
그걸 누리는 짐승들이 생겨나
본능적으로 사람을 부른다
우릴 잘 돌보고 다스려 주시오

그래서 온 세상 위에 인간도 등장했지만
아직도 혼란스럽고 텅 비고 캄캄하다
그래 아기가 엄마 사랑을 구하듯 외친다
창조주께서 그 품에 우리를 품어 주소서

천지 창조 (시조)

혼돈과 공허 흑암
빛으로 몰아내고

하늘과 바닷속에
새 고기 창조하며

땅 초목 짐승 사람 만들어
사랑 품에 안으신다

天地創造 (천지 창조/漢詩)
천 지 창 조

逐倔空陰以製光   혼돈 공허 흑암을 빛을 창조해서 몰아내고
축 혼 공 음 이 제 광

天和海內造禽浪   하늘과 바다 속에 새와 물고기 물결을 창조하며
천 화 해 내 조 금 랑

前坤草獸裁人類   땅과 초목과 짐승 앞에 인류를 창조하고
전 곤 초 수 재 인 류

抱宇諸民用母狂   우주 모든 인간을 엄마의 미친 사랑으로 품으신다
포 우 제 민 용 모 광

어디로 갔을까 (자유시)

2023.2.8

그가 가버렸다
관과 함께 땅속으로 갔다
가슴 속에 울컥
새벽이슬이 맺힌다

산을 내려오면서
그를 추억해 본다
그는 잘 익은
사과 같은 사람이었다

그의 영혼은 과연
어디로 갔을까
꽃향기 가득한
그 동산으로 정말 갔을까

나는 어디로 가고 있나
주님의 은총만 가득한
그곳을 향해서
진정 산을 오르고 있는가

어디로 갔을까 (시조)

땅속에 그가 가니
가슴이 울컥한다

추억 속 그 사람은
잘 익은 사과였다

그 영혼 어디로 가며
내 영혼도 잘 가나

焉往 (어디로 갔을까/漢詩)
언 왕

其去坤低成哭墦
기 거 곤 저 성 곡 번

땅 밑으로 그가 가니 눈물 무덤 이루었네

心中彼者熟沙園
심 중 피 자 숙 사 원

마음속 그 사람은 잘 익은 사과 동산이었지

來生此命何之樂
래 생 차 명 하 지 낙

내생의 저 목숨은 낙원 나라에 잘 갔을까

今路吾靈豈適恩
금 로 오 영 기 적 은

금생 길 내 영혼도 은총 나라에 잘 가는가

부끄러움 (자유시)

2023.2.15

청동 거울 같은 물에 비친
나의 멀쩡한 모습은
그림 같은 배경까지 더하여
왜 이다지도 부끄러울까

그래 미간을 찌푸리며
거울 속의 자신을 꾸짖는다
너는 한 평생 뭐가 좋다고
그리 멀쩡히 살아왔는가

그런데 그냥 살고만 있는 나에게
물줄기 주시고 배 띄워 주시면
주와 모두를 사랑하는 그 일을
이루어낼 수 있을 것이다

그 맘으로 물속을 계속 바라보니
큰 구원 사역의 깊은 수렁 속으로
미소 머금고 빠져 들어가는
자랑스러움이 또렷이 보인다

부끄러움 (시조)

물거울 내 모습은
배경도 부끄럽다

한평생 뭐가 좋아
멀쩡히 살아왔나

그러나 주 도우시면
큰 구원 일 이룬다

愧 (부끄러움/漢詩)
괴

水鏡吾姿慙抱光　　물에 비친 내 모습은 배경까지 부끄럽다
수 경 오 자 참 포 광

平生奈好活應當　　한평생 뭐가 좋아 멀쩡히 살아왔나
평 생 내 호 활 응 당

雖神助者成其愛　　그러나 신 도우시는 자 그 사랑을 이룬다
수 신 조 자 성 기 애

大援難中荷以糖　　큰 구원 사역 난관 중에도 달게 짊어진다
대 원 난 중 하 이 당

본향으로 가자 (자유시)

2023.2.22

의자에 몸을 눕히고 높은 창밖을 본다
구름들이 자꾸 변장하며 어디론가 바삐 간다
저 구름 뒤편에 보이는 푸른 하늘나라에는
과연 무엇이 있을까

우주를 바라보는 내 몸의 눈 속에서
보랏빛 상념에 빠져있는 것은
내 머리인가
아니면 내 속에서 숨 쉬고 있는 내 영혼인가

구름 뒤 하늘에 뭔가 보이는 것 같다
현실 속의 무슨 모습인가
추억 속에서 보았던 그때 그 기억인가
혹시 이상 세계에서 부르는 그분의 손짓일까

가자 올라가자
초청 받은 사람처럼 일어나 가자
이 타향 현실을 다 벗어 던져 버리고
내 고향과도 비교 못할 그 좋은 본향으로 가자

본향으로 가자 (시조)

의자에 누워 보는
구름 뒤 하늘나라

몸보다 머리보다
영혼이 보는 나라

현실 속 타향을 떠나
가야 할 본향 나라

歸本鄕 (본향으로 가자/漢詩)
귀 본 향

窓中雲後見天城　　창속의 구름 뒤에서 하늘나라를 본다
창 중 운 후 견 천 성

不是身頭靈看明　　몸과 머리가 아닌 영혼이 밝히 본다
불 시 신 두 영 간 명

否在現存理想國　　현실에는 없는 이상국이다
부 재 현 존 이 상 국

好比世上本鄕生　　세상보다 좋은 본향 삶이다
호 비 세 상 본 향 생

내 모습 (자유시)

호수의 배에 올라 거울 같은 물을 내려다보니
거기에 숲과 하늘과 구름이 그림처럼 떠 있습니다
마침 날아오르는 새 모습마저 너무 아름다운데
그 앞의 내 모습은 왜 이다지도 부끄러울까요

호수 가운데로 나아갔을 때 또 한 번 물거울을 보니
텅 빈 하늘 배경 앞에 홀로 우뚝 앉아 있는
나의 자랑스러운 또 다른 모습이
나를 어리둥절하게 만들어 버립니다

가만히 다시 물거울 속 하늘을 보니
그 속에서 하늘님이 내려다보시는 것만 같습니다
완전하신 그분 앞에 쪼그리고 있는 내 모습은 또
왜 이다지도 작고 초라해 보일까요

그런데 가만 보니 사랑의 하늘님이
엄마처럼 나를 안아주시는 것 같다고 느껴지면서
내 모습은 또다시 소중해 보이며
그냥 위대해 보이기만 하는 것은 또 왜일까요

내 모습 (시조)

자연의 완전 아래
내 모습 부끄럽고

하늘이 창조하신
부분만 대단하나

하늘님 사랑하시니
작은 나 위대하다

我的態 (내 모습/漢詩)
아 적 태

無缺自然身枉忉 무 결 자 연 신 왕 도	완전한 자연 아래 나의 부족 걱정되고
天神創造部分高 천 신 창 조 부 분 고	천신이 창조하신 부분만 뛰어날 뿐
完全主下微而醜 완 전 주 하 미 이 추	완전하신 주님 아래 작고도 추하나
抱我以慈予重豪 포 아 이 자 여 중 호	사랑으로 품어주시니 난 소중하고 위대하다

피 (자유시)

2023.3.8

십자가 형틀에 달린 그가
피 흘리며 죽어가는 그림을 본다
빠알간 장미 빛 피가 흘러 떨어진 돌이
햇빛에 반사돼 다이아몬드처럼 희게 반짝인다

맞아, 저 피로 죄 씻겨 저렇게 희게 된다는 거지
피로 목숨 흘려 우리 목숨 영원히 살린다는 거지
그래, 온 인류 목숨 살리는 엄청난 일이니까
신이 목숨까지 내놓는 거지

저 엄청난 피 소식을 온 세상에 전해야 돼
질병과 가난과 불화와 죽음에 쩔쩔매다가
결국 죽어가는 수많은 사람들이 너무 불쌍하잖아
저 피 소식을 전해 모두 영생 목숨 얻게 해야 해

나도 저런 피 흘림 같은 희생으로 전하며
사랑을 완성하는 자가 돼야 해
그런 참 사랑으로 행복해지는 영원한 나라를
완성하는 삶을 살아야 해

피 (시조)

십자가 피 흘려서
죄 목숨 대속하니

피 소식 전하여서
온 인류 구해내고

피 희생 사랑 행하여
행복 나라 이루자

血 (피/漢詩)
혈

架上紅榮映授明   십자가 붉은 피가 흰 빛을 비춰 주듯이
가 상 홍 영 영 수 명

壸除赤罪救人生   그 피가 붉은 죄를 제거해 인생을 구원하네
황 제 적 죄 구 인 생

傳其福惠求民界   그 복된 은혜를 전하여 세상을 구원하고
전 기 복 혜 구 민 계

給血施慈得幸城   피 주는 식의 사랑 베풀어 행복 나라 얻읍시다
급 혈 시 자 득 행 성

불 (자유시)

불이다 뜨거운 기운을 뿜어낸다
어두워진 밤 광장 한가운데
모닥불 불기운이 좋다
에너지와 능력이 솟아나는 게 좋다

하나둘 모여든다
사람마다 웃는 얼굴이다
마음속 마다 빠알간 불이 솟는다
사랑의 열매가 맺힌다

불빛에 눈들이 초롱초롱 빛난다
얘기꽃을 피우며
화안한 깨달음이 퍼져 나간다
진리의 불이 솟는다

불 속에 거룩한 영 그분이 있다
불 생명 충만으로 우릴 만나 주신다
그래 능력과 사랑과 진리의
영원 생명을 부어주신다

불 (시조)

모닥불 불기운에
능력이 솟구치고

모여든 얼굴마다
사랑 불 솟아난다

불빛에 진리를 보니
성령 불의 생명이다

火 (불/漢詩)
화

櫛火絪中能力昌　　모닥불 불기운에 능력이 솟구치고
즐 화 인 중 능 력 창

來人面仲愛炎强　　오는 사람 얼굴마다 사랑 불이 강해진다
래 인 면 중 애 염 강

爔低見語喩眞理　　불빛 아래 보며 말해 진리를 깨닫는 중
희 저 견 어 유 진 리

焴內神靈給永光　　불 속의 성령이 영원한 생명 빛을 주신다
곡 내 신 령 급 영 광

복 (자유시)

흥부가 박을 타자
집과 부요 나온다
선한 자가 받는 복
물질 행복 얻는다

다산 건강 있으니
부요도 잘 누리며
정신에서 오는 복
육신 행복 즐긴다

원수사랑 평화와
용서 평안 있으니
사랑으로 얻는 복
마음 행복 가진다

주만 사랑한다면
영생 복락도 얻어
주의 복을 다 받고
영혼 행복 누리리

복 (시조)

흥부가 선행으로
부요 복 얻으면서

건강 복 평화 복도
평안히 즐기다가

영생 복 얻게 된다면
완전한 복 누리리

福 (복/漢詩)
복

興夫富裕得財祺　　흥부 부유로 재물 복을 얻으면서
흥 부 부 유 득 재 기

卄産強寧肯肉禧　　다산 건강으로 육신 복도 즐기고
입 산 강 녕 긍 육 희

愛恕平和持思福　　사랑 평화로 마음 복도 가지며
애 서 평 화 지 사 복

信仰永命享靈禔　　신앙 영생하면 영혼 복도 누리리
신 앙 영 명 향 영 제

피·불·복 (자유시)

2023.3.15

성자 피의 십자가
요단강 다리 되고
죄의 강 건너가는
유일한 길 되었다

성령 불이 확 붙어
발동 걸린 불 수레
그 걸 타고서라야
피 다리 건너간다

성자 피 다리 위로
성령 불 수레 타고
성부 복 대문 통해
천성에 들어간다

주의 천성 그곳은
삼위 주 피불복이
데려 가고 돌보는
영원 행복 나라다

피·불·복 (시조)

성자 피 피 다리가
죄의 강 가로 놓여

성령 불 불 수레로
그 다리 건넌 후에

성부 복 복 대문 통해
천성에 들어간다

血·火·福 (피·불·복/漢詩)
혈　화　복

成子峇橋越罪河　　성자의 피 다리를 세워 죄의 강을 넘어가며
성 자 황 교 월 죄 하

乘靈火軻灑其菏　　성령의 불 수레를 타고 그 늪을 건너가고
승 령 화 가 례 기 하

由天福闥之神國　　천부의 복 대문 통해 하나님 나라(성)로 가며
유 천 복 달 지 신 국

主血炎禧與永娥　　주님의 피불복이 영원히 아름다움(나라)을 준다
주 혈 염 희 여 영 아

비가 내린다 (자유시)

2023.3.22

하루 종일 길 위에
내리는 비가
고개 숙인 길섶의
풀잎 울린다

저건 죽은 아들 앞
엄마 눈물이
그걸 보는 가슴을
적신 비인가

사람들의 고통에
흐르는 비가
주의 가슴 기어코
찢어놓는다

찢어진 가슴 틈이
그 비에 젖어
큰 구원의 씨앗이
뿌리 내린다

비가 내린다 (시조)

길 위에 내리는 비
풀잎을 울게 하고

엄마의 통곡 소리
가슴 들 적시는데

사람들 고통 눈물에
주 눈물로 구원하네

雨降 (비가 내린다/漢詩)
우 강

降雨途邊泣草坤   길 가에 내리는 비가 풀과 땅을 울게 하고
강 우 도 변 읍 초 곤

觀亡子痛衆哀煩   죽은 아들을 보는 고통에 사람들이 슬퍼하며
관 망 자 통 중 애 번

人群苦淚神胸裂   사람들 고통 눈물에 주의 가슴 찢어지고
인 군 고 루 신 흉 열

炲臆間中救籽根   찢어진 가슴 틈에 구원 씨앗 뿌리 내린다
택 억 간 중 구 자 근

가자 어서 가자 (자유시)

2023.3.29

새벽 찬 공기가 귓전을 스친다
가자 어서 가자 그를 만나러 가자
찬 공기 스치나
내 맘은 더욱 뜨겁다

돌이켜보면 온 길이 얼마인가
가자 어서 가자 그와 교제하러 가자
온 길이 얼마든
갈 길을 어찌 멈출쏘냐

그런데 어느 날 이 걸음 멈추게 되고
그가 아예 나를 데려가실 거다
걸음은 멈춰도
넋으로 달려가리라

결국에 난 그날 본향에 도착하고
그와 영원히 하나가 될 거다
본향이 종착역이냐
아니다 기쁜 출발역이다

가자 어서 가자 (시조)

스치는 새벽 공기
뜨거운 이 내 마음

인생 길 걸어가며
그와의 교제 깊어

그가 날 데려가실 때
기쁜 본향 보리라

我們走 我們走 (가자 어서 가자/漢詩)
아 문 주　아 문 주

披朝大氣遇其僊　아침 대기 헤치고서 춤추듯 그를 만나며
피 조 대 기 우 기 선

每步人生際彼川　인생 길 걷는 동안 끊임없이 그와 교제하고
매 보 인 생 제 피 천

厥去俱吾從以魄　그가 나와 함께 가실 때 넋으로 좇아가며
궐 거 구 오 종 이 백

之歡本國合單天　기쁜 본향 나라 가서는 그와 하나 되리라
지 환 본 국 합 단 천

그 나라를 아느냐 (자유시)

근아, 너는 그 꿈같은 나라를 아느냐
산 아래 호수 낀 정원에 어린 양 한가로이 풀 뜯고
뭇 과일 또옥 따서 서로 사랑으로 나누며
얘기 꽃 피우며 끊임없이 노니는 그 낙원을 아느냐

근아, 너도 그 동산에 가고 싶지 않으냐
기화요초 만발한 꽃밭에 예쁜 나비들 날고
그림 같은 집에서 은은히 촛불 켜놓고
오순도순 정을 나누는 그 나라에 가지 않겠니

예야, 네가 지금 사는 동네는 어디냐
시커먼 시궁창의 오물에 온갖 구더기 들끓고
늑대가 사납게 울부짖고 죽음이 나뒹굴며
울음과 아우성 소리 끊이지 않는 그곳이 아니냐

얘야, 나와 그 나라에 가서 꼭 만나자
옛날 그 아름답고 완벽한 동산에서와 같이
그분과 거닐며 사랑하는 웃음이 얼굴 마다 가득한
눈물과 아픔이 뭔지 다 잊게 되는 거기서 꼭 만나자

그 나라를 아느냐 (시조)

평화와 사랑뿐인
꿈같은 낙원이며

그분이 행복 주는
그 나라를 아느냐

시궁창 생지옥에서
벗어나서 가자야

何知其國 (그 나라를 아느냐/漢詩)
하 지 기 국

美愛充園葛不瞳　　미와 사랑이 충만한 낙원이 눈에 보이지 않느냐
미 애 충 원 갈 부 동

花園話國奈非夢　　꽃동산에서 정담 나누는 그 나라 꿈에도 못 보느냐
화 원 화 국 내 비 몽

難悲滿處焉離去　　고난 슬픔 가득한 곳에서 진정 떠났다는 것이냐
난 비 만 처 언 이 거

惠幸神邦與我逢　　사랑 행복의 하나님 나라에서 나와 함께 만나자
혜 행 신 방 여 아 봉

벚꽃 (자유시)

수많은 봄꽃 중에
축제 있는 꽃
연분홍 흰색 벚꽃
백의민족 꽃

올해는 급히 왔다
금방 도망가
비 오기 전 아내와
돌아보았네

얄밉게 얼굴 뵈고
금방 가는 꽃
사쿠라 꽃 이름이
찝찝하지만

영적 사랑이라는
꽃말과 같이
풍성한 주의 사랑
느끼게 해줘

벗꽃 (시조)

수많은 봄꽃 중에
축제 있는 흰 벗꽃

얄밉게 얼굴 뵈고
도망가는 사쿠라

그러나 꽃말과 같이
영적 사랑 주는 꽃

櫻花 (벗꽃/漢詩)
앵 화

萬秀中櫻祝祭存
만 수 중 앵 축 제 존   수많은 꽃 중 벗꽃에는 벗꽃 축제가 있어

今年速往見前飜
금 년 속 왕 견 전 번   올해는 금방 가므로 떨어지기 전에 보았지

邪仇癩號思憎惡
사 구 라 호 사 증 오   사쿠라 꽃 이름에 미운 생각을 갖게 되나

比愛花言湛惠魂
비 애 화 언 담 혜 혼   사랑이라는 꽃 말 처럼 사랑 혼을 담았네

이 세상 (자유시)

2023.4.19

내 사무실 높은 창 밖에
구름들이 흐르고 있다
갖가지 모양을 하며
이 세상을 보이고 있다

저 구름은 수풀 같고
그 옆에는 사자 그리고 곰
또 자동차 책상 건물
머리를 풀어헤친 여자도 있네

그 뒤에는 시커먼 내 얼굴
아니 울고 있는 이 세상
아픔 슬픔과 허무 죽음이
가득한 이 세상은 왜 그럴까

그래, 사람이 뭔가 잘못해서겠지
그 잘못 하나님이 고쳐 주실까
그렇지 그는 사랑 많고 전능하시니
결국 모든 것이 잘될 거야

이 세상 (시조)

구름이 세상 모양
보이며 흐르는데

우는 저 구름 모양
불행한 세상 같네

그러나 주 고치시면
행복 누리 되리라

是世上 (이 세상/漢詩)
시 세 상

屢外雲徒示世形   창밖의 구름들이 세상 모양 보이는구나
루 외 운 도 시 세 형

人禽物貌去何星   사람 짐승 물건 모양으로 어느 별로 가는가
인 금 물 모 거 하 성

昏昏我樣觀哀國   어두운 내 모습에 슬픈 세상 보이지만
혼 혼 아 양 관 애 국

主恁更新化幸馨   주님 다시 고치시면 행복한 꽃동산 되리
주 임 갱 신 화 행 형

빈 깡통 (자유시)

2023.4.26

길 가다가 빈 깡통 나뒹굴고 있으면
냅다 걷어 차버리고 싶다
왜 그럴까
점잖지 못하게 왜 그러고 싶을까

축구본능 때문일까
엄마 배 속에서부터 발차기하던 본능 때문일까
스트레스 때문인가
청소하고 싶은 맘 때문인가

사실은 내 속에 차 버려야 할 게 참 많다
잘못한 실수들과 잘 안 한 비겁들
선하지 못한 나쁜 마음들
좋지 못한 어두운 마음들까지 차 버려야 한다

주님도 결국 다 멀리 차 버리실 거다
마귀와 그로 인한 죄악
죄악과 그로 인한 형벌 고난
형벌의 완성체 지옥까지 멀리 차버리실 거다

빈 깡통 (시조)

길 가다 빈 깡통을 걷어차 버리듯이
내 속의 죄와 잘못 차 내게 해주시며
주님은 악과 고난을 차 내버려 주신다

空罐 (빈 깡통/漢詩)
공 관

A

見路空筒願蹴捐
견 로 공 통 원 축 연

길의 빈 깡통을 보면 차 버리고 싶다

因何本能逐仳躔
인 하 본 능 축 비 전

무슨 본능 때문에 길 밖으로 차 낼까

眞吾棄惡心中大
진 오 기 악 심 중 대

사실은 내 차버릴 죄악이 심중에 크다

亦主全題末黜栓
역 주 전 제 말 출 전

역시 주님도 모든 문제 마침내 내쳐 꺾으신다

B

觀街白罐望蹴其
관 가 백 관 망 축 기

길의 빈 깡통을 보면 그 것을 차 버리고 싶다

故厥輕行奈願思
고 궐 경 행 내 원 사

그 경한 행동의 이유는 뭘 원하는 생각 때문일까

實我持難希擲拌
실 아 지 난 희 척 반

사실 나는 고난을 갖고 있어 내쳐 버리길 바란다

終來主恁黜全悲
종 래 주 임 출 전 비

결국 주님께서는 그 모든 슬픔을 물리쳐 주신다

돌아가리 (자유시)

돌아가리 그 나라로
그리웁던 본향으로

고난 눈물 이 세상의
모든 욕심 다 버리고

믿음으로 사랑하는
즐거움을 찾아가며

주의 통치 행복 나라
영생 샘에 돌아가리

돌아가리 (시조)

본향에 돌아가리
그리운 그 나라로

욕심의 고난보다
사랑의 기쁨 찾아

주님이 통치하시는
행복 영생 얻으리

歸 (돌아가리/漢詩)
귀

歸鄕得欲城   본향으로 돌아가야 바라는 천성을 얻는다
귀 향 득 욕 성

世慾授人爭   세상 욕심이 사람의 분쟁을 주나
세 욕 수 인 쟁

宇愛宣天喜   하늘 사랑은 하늘 기쁨을 주며
우 애 선 천 희

神慈賜幸生   하나님 사랑은 행복한 영생을 준다
신 자 사 행 생

빈 의자 (자유시)

책상 옆에 빈 의자가 있다
친구가 종종 와서 앉으면
사상이 날라 다니고
인생이 그림 되어 벽에 붙는다

아내가 가끔 와서 앉을 때
가족들도 따라와 벽에 붙으며
삶이 잡다한 소리를 내고
의식주가 저마다 한마디씩 한다

무료한 날 할 일이 없어
내가 그 의자에 앉기도 할 때
공허가 가득하게 허공을 맴돌고
졸음에 빠져 개꿈을 꾸기도 한다

그런데 오늘은 빈 의자이다
거기 주님을 모시고 싶다
사랑 가득 품고 와 관심을 주시고
주의 나라 사랑을 내려 주시겠지

빈 의자 (시조)

책상 옆 빈 의자에 친구가 사상 주고
아내도 가끔 와서 생활을 말하지만
나는야 주님 모시고 천국 사랑받는다

空椅 (빈 의자/漢詩)
공 의

机側空檔侍友丁   책상 옆에 있는 빈 의자가 친구를 앉히면
궤 측 공 당 시 우 정

飛行哲學貼生英   날라 다니는 철학이 인생 꽃을 벽에 붙인다
비 행 철 학 첩 생 영

稀來坐婦懸家畫   가끔 와서 앉는 아내가 가족 그림을 벽에 걸면
희 래 좌 부 현 가 화

住食衣存發雜聲   의식주 생존이 잡다한 소리를 발한다
주 식 의 존 발 잡 성

莫事閑時偐自我   할 일 없이 무료한 때가 나 자신을 앉히면
막 사 한 시 유 자 아

無眞假睡想虛成   실없는 헛된 잠이 헛 성공을 상상하게도 한다
무 진 가 수 상 허 성

今腔座席希陪主   오늘은 빈 좌석이 주님 모시기를 원하면
금 강 좌 석 희 배 주

抱愛徠神授國情   사랑 품고 오신 주가 천국 사랑을 주신다
포 애 래 신 수 국 정

죽는 줄로 알았다 (자유시)   2023.5.3

죽는 줄로 알았다
피를 쏟았다
도랑 아래 떨어져
얼굴 찢겼다

형님 등에 업혀서
십리 길 갔다
시내 병원 수술로
살아서 왔다

아마도 성탄절 때
였던 것 같다
주님 같은 형님의
희생 덕이다

오늘도 그 날 일을
생각하면서
나도 희생하면서
살기 원한다

죽는 줄로 알았다 (시조)

도랑에 떨어져서 피 쏟고 죽게 됐고
형님의 등에 업혀 수술로 살아났다
주 같은 형님 희생을 나도 실천하련다

知以死 (죽는 줄로 알았다/漢詩)
지 이 사

瀉血授終爭　　피를 쏟음이 죽음과의 싸움을 주었고
사 혈 수 종 쟁

隕溝折面平　　도랑 추락이 얼굴 평평한 곳을 찢었다
운 구 절 면 평

親兄擔泣我　　친형님이 우는 나를 업어다 주셨고
친 형 담 읍 아

手術活亡行　　수술이 죽어가는 것을 살려 주었다
수 술 활 망 행

彼事知神獻　　그 일이 주님 헌신을 생각하게 했고
피 사 지 신 헌

牷身復處程　　희생이 상처 정도를 회복되게 했다
전 신 복 처 정

方今思厥所　　오늘도 그것을 생각하면서
방 금 사 궐 소

自己願犧生　　나 자신도 희생 삶 살기를 원한다
자 기 원 희 생

느티나무 아래에서 (자유시)

민주 혁명의 해 공원 느티나무 밑 벤치에
청년들이 앉아 열띤 토론을 했다
모두 나라 사랑과 정의 사랑에 불탔다
그들의 이상 탑이 하늘을 뚫을 것 같았다

오랜 후 장년이 돼서 다시 나무 밑에 모였다
모두 무언가가 두려운 기성 세대였다
욕심을 외면하는 물가와 세상을 탓했다
현실 장벽 앞의 비겁을 변명하기 바빴다

그날 해거름에 그중 하나가 다시 와서 앉았다
예전과 변함없는 느티나무를 보다가
부끄러워 고개를 떨궜다
옛 사랑도 함께 무릎을 꿇고 있었다

잠시 후 해가 지자 밤하늘에 별들이 총총했다
저 별 세계에서는 다 할 수 있겠지
그는 한껏 고개를 높이 쳐들고
사랑 열매 주렁주렁한 그 나라를 바라봤다

느티나무 아래에서 (시조)

청년은 정의 사랑 이상 탑 쌓지만은
장년은 욕심 차원 현실에 매여 산다
사랑의 열매 없지만 천국에선 열린다

槐下 (느티나무 아래에서/漢詩)
괴 하

槐陰少者愛公明 괴 음 소 자 애 공 명	느티나무 그늘의 젊은이는 공의를 사랑하고
討論炎徒築想城 토 론 염 도 축 상 성	토론하는 뜨거운 무리들은 이상의 성을 쌓는다
壯客其人沈肉慾 장 객 기 인 침 육 욕	장년이 된 그 사람들은 욕심에 빠졌고
生存上等活紛爭 생 존 상 등 활 분 쟁	생존 앞의 무리들은 분쟁으로 살아간다
南楡下面卑頭首 남 륜 하 면 비 두 수	나무 둥치 아래 얼굴이 머리를 숙였고
愧舊時慈俯膝貞 괴 구 시 자 부 슬 정	부끄러운 옛 사랑도 무릎 정조를 굽혀 꿇었다
日沒中星知怪性 일 몰 중 성 지 괴 성	해가 진 가운데 별들은 신비한 성향을 보이고
觀天國厥視乾情 관 천 국 궐 시 건 정	천국을 보는 그가 하늘 사랑을 본다

117

사람 (자유시)

시골 동네에서 사람 만나면
친정 엄마처럼 반갑다
놀며 주고받으며
사람 사는 맛이 난다

밤길에서 사람 만나면
강도처럼 경계를 한다
혹시 나쁜 사람 아닐까
사람이 사람을 피한다

친한 사람과 서로 만나면
연인처럼 사랑하고 싶다
사람은 사랑으로 살도록
창조됐기 때문이다

교회에서 사람 만나면
엄마처럼 희생을 도모한다
주님과의 영원한 그 사랑을
사람 사랑 안에서 찾는다

사람 (시조)

시골서 사람 보면
반갑게 서로 놀고

밤길에 사람 보면
두려워 경계하나

사람은 사랑하면서
천국 행복 이룬다

人 (사람/漢詩)
인

故里逢人感母親	고향 동네에서 만나는 사람은 엄마처럼 느껴지고
고 리 봉 인 감 모 친	
非明接者恐强辛	어둔 데서 만나는 자는 강하고 매운자인 줄 두렵다
비 명 접 자 공 강 신	
遊朋見我思情友	노는 친구 만난 나는 사랑 나눌 벗으로 생각하고
유 붕 견 아 사 정 우	
教會求徒願愛眞	교회의 구도 무리는 사랑의 진수를 소원한다
교 회 구 도 원 애 진	

네 갈래 길 (자유시)   2023.5.17

네 갈래 길 앞에 선 적이 있었다
길이 어디로 향하는지 숲이 막고 안 보여줬다
끝없이 묻고 또 물었다
그때 훤해 보이는 한 길을 선택했다

수없는 길 선택을 해야 했다
연필 굴리기식 선택은 안 했다
합리적 판단과 질문으로
비교적 잘 선택해 걸어온 것 같다

그러나 한 번은 늪길을 택했었다
길옆의 나무들이 좋은 길이라고 속여서였다
빠져 죽는 줄로 알았다
천신만고 끝에 살아 나왔다

그런데 지금 보니 그 길이 보약 길이었다
그때 힘과 낮아짐과 믿음을 얻었다
그 믿음의 눈으로 보니 내가 온 모든 길은
목자 그분이 양 나를 인도하신 길이었다

네 갈래 길 (시조)

네 갈래 길 앞에서 물어서 선택했고
수 없는 길 선택을 무난히 잘 해냈다
늪길을 택하는 것도 주가 인도하셨다

四派路 (네 갈래 길/漢詩)
4 파 로

多流四路要搜行 다 류 사 로 요 수 행	많은 갈래길 네 길이 잘 찾아가는 것을 요구했고
質問通吾選照榮 질 문 통 오 선 조 영	질문 통한 나는 훤한 길을 선택했다
卜式思爲宣失敗 복 식 사 위 선 실 패	점치기 식 생각과 행위는 실패를 주지만
恒符理結賜平生 항 부 리 결 사 평 생	늘 합리적 결정이 평안한 인생을 주었다
欺瞞樹木提沈涇 기 만 수 목 제 침 경	속이는 수목이 늪길을 안내했을 때는
萬苦昆余救命精 만 고 곤 여 구 명 정	천신만고 끝에 나는 생명 정기를 구원했다
但厥難途施信賴 단 궐 난 도 시 신 뢰	그런데 그 고난 길이 믿음을 갖다 주었고
其恄眼目覺神誠 기 지 안 목 각 신 성	그 믿음의 눈이 신의 정성 인도를 깨닫게 했다

텅 빈 배 (자유시)

휘몰아치는 바람을 맞으며
우리는 그 선생의 생애와
어느 날 갑자기 떠난 일과
그가 타고 간 텅 빈 배를 이야기한다

인생은 텅 빈 배와 같고
아무리 채워도 만족할 수가 없는
욕심의 허무밖에 없는
헛되고 헛된 것이 아닌가

참된 것이 정말로 있기나 한 건가
학문으로, 종교로, 예술로
그걸 찾을 수는 있는가
인류 역사엔 아직도 정답이 없잖은가

그러나 세상엔 도무지 없는 그것을
하늘 그분에게서 찾을 수는 없을까
그래, 그분이 약속 하셨지
믿고 사랑하면 그 나라가 온다고

텅 빈 배 (시조)

인생은 텅 빈 배로
헛되고 헛된 거고

학문과 종교로도
참된 것 못 찾지만

믿고서 사랑하면은
주가 천국 주신다

虛舟 (텅 빈 배/漢詩)
허 주

茫然遷者似虛舟   갑자기 떠난 사람은 빈 배를 닮았고
망 연 체 자 사 허 주

不滿人生若白樓   만족이 없는 인생은 빈 누각과 같다
불 만 인 생 약 백 루

世上何方無展事   이 세상 어디에도 참된 것(일)은 없고
세 상 하 방 무 전 사

維持信愛受天州   믿음과 사랑 유지해야 천국을 받는다
유 지 신 애 수 천 주

그것이 없으면 (자유시)

그것이 없으면
인생이 무엇이란 말인가
알맹이가 없는데
껍데기만 화려하면 뭐 하는가

태양이 없으면
우주가 무엇이란 말인가
머리가 없다면
몸이 어떻게 산단 말인가

우매한 사람들
핵심이 뭔지도 모른 채
헛된 욕심만 좇으며
인생을 망치고 있지 않는가

사랑이 없으면
인생이 무엇이란 말인가
그것이 있어야
천국이 완성되는 것 아닌가

그것이 없으면 (시조)

그것이 없다면은
인생이 무엇인가

핵심을 모른 채로
욕심만 좇아가나

사랑을 갖게 돼야만
천국 인생 아닌가

若其無 (그것이 없으면/漢詩)
약 기 무

厥拔人生造外皮   그것이 없는 인생은 껍데기만을 만들고
궐 발 인 생 조 외 피

陽消宇宙取虛基   태양이 없는 우주는 헛된 터만을 갖는다
양 소 우 주 취 허 기

無知核者從貪慾   핵심을 모르는 사람은 탐욕만을 좇으며
무 지 핵 자 종 탐 욕

愛莫家庭失國熹   사랑이 없는 가정은 천국 빛을 잃는다
애 막 가 정 실 국 희

지옥의 계절 (자유시)

내 사전에 없던 시험 낙방 충격에
열등감 먹구름이 내려와 덮쳤다
절망의 진창에 온몸이 던져지고
우울의 안개비가 온 세상을 덮었다

나의 방 감옥에 갇혀서 꼼짝을 안 하고
이불을 덮어 쓰고 밤낮 잠과 어둠에 빠졌다
왜 그런지 범죄의 달콤함이 가슴에 스며들고
짐승 같이 아무나 물어뜯고 싶어졌다

자살 충동 까지 가끔 머리를 스칠 때
지옥 문 앞인 걸 깨닫고 깜짝 놀랬다
허무의 안개가 온 방에 자욱하고
희망의 불빛은 어디에서도 볼 수가 없었다

그런데 어느 날 친구 따라 간 곳에서
부활의 닭소리가 천지를 깨웠다
주님과 대화 교제하는 즐거움에
사랑의 기쁨이 천국 문을 열어주었다

지옥의 계절 (시조)

충격적 시험 낙방 절망 늪 던져지고
나의 방 감옥에서 짐승이 되었는데
자살의 충동 느낄 때 부활 주님 만났다

地獄季節 (지옥의 계절/漢詩)
지 옥 계 절

落榜生吾陷劣傷　　낙방생인 나는 열등감 상처에 빠졌고
낙 방 생 오 함 열 상

持余絶感召悲亡　　나를 사로잡은 절망감이 슬픈 멸망을 불렀다
지 여 절 감 소 비 망

房囹內者囚陽睡　　방 감옥 속에 갇힌 자가 밤낮 잠에 갇혔고
방 령 내 자 수 양 수

犯罪甘飴造獸狂　　범죄의 달콤함이 짐승 미치광이를 만들었다
범 죄 감 이 조 수 광

自殺衝心提地獄　　자살 충동심이 지옥으로 이끌었고
자 살 충 심 제 지 옥

虛無霧狀滅希光　　허무의 안개가 희망의 빛을 꺼버렸다
허 무 무 상 멸 희 광

然從友我聆回活　　그런데 친구 따라간 나는 부활의 소리를 들었고
연 종 우 아 영 회 활

與主言交闢昊堂　　주님과의 대화 교제가 천당을 열었다
여 주 언 교 벽 호 당

내 마음 (자유시)

당신의 마음 다 쏟아서
내게 부어주시며 나를 지으실 때
내 마음은 내 속에
그대로 두셨습니다

내 마음은 당신 기대와는 달리
세상 것들을 향하여
헛된 여행을
자꾸자꾸 거듭하였습니다

심지어 당신의 원수에게
내 마음을 주어버리려고 해
당신을 안타깝게 하며
진노하시게 하였습니다

결국 당신 전부를 통째로
내게 주신 후에야
나도 내 마음을 또옥 따서
당신께 다 드리게 되었습니다

내 마음 (시조)

당신의 마음 주며
이 나를 지었는데

나는야 내 마음을
세상에 뿌렸지만

당신을 통째로 주니
나도 내 맘 드린다

吾心 (내 마음/漢詩)
오 심

投全腹恁造今吾　　모든 속마음을 다 준 당신이 이 나를 지었는데
투 전 복 임 조 금 오

受總多予愛世徒　　모든 것을 다 받은 나는 세상 것들만 사랑했고
수 총 다 여 애 세 도

識汝讐余從厥者　　당신의 원수를 아는 내가 그 원수를 좇았지만
식 여 수 여 종 궐 자

持諸你我贈胸湖　　당신을 통째로 받아가진 나는 (결국)가슴 호수를 드라다
지 제 니 아 증 흉 호

바다 (자유시)

2023.5.31

무서운 파도 거대한 해일이 덮치면
살아남을 것은 아무것도 없다
배도 물건도 사람도
모두 포로가 돼 끌려간다

육지 보다 배나 넓은 바다가
지구의 3분의 2를 덮어 지배한다
산도들도 깊은 계곡도
압도적 독재자 밑에서 꼼짝 못 한다

숨 쉬는 모든 것, 이 세상 모든 것을
그가 다 삼켜버리면
세상의 생사화복도 다 가라앉아
세상 인생 연극은 그냥 중단된다

그런데 그 바닷속에도 신세계가 있다
아름다운 별천지 신의 궁전이,
신의 또 다른 창조 세계가 여전히 살아있다

마치 하늘에 또 다른 신의 나라가 있듯이……

바다 (시조)

무서운 파도 와서 모든 것 쓸어가고
바다가 3분의 2 지구를 지배하며
모든 걸 가라앉혀서 별천지를 이룬다

大洋 (바다/漢詩)
대 양

巨大波濤忮日常 거대한 파도가 일상을 해치며
거 대 파 도 기 일 상

船人物總見湮亡 배 사람 물건 모두가 빠지는 멸망을 본다
선 인 물 총 견 인 망

球多半海遮坤地 지구의 태반 바다가 땅을 가리며
구 다 반 해 차 곤 지

野谷山咸受壓强 들 계곡 산 모두가 강압을 받는다
야 곡 산 함 수 압 강

嗋活諸存當嚥食 숨 쉬며 사는 모든 것이 삼킴을 당하며
협 활 제 존 당 연 식

生終禍福閉希望 생사화복이 희망을 닫아 폐한다
생 종 화 복 폐 희 망

然新世界占其底 그런데 신세계가 그 바다 밑을 점령하며
연 신 세 계 점 기 저

異也神宮飾太洋 또 다른 신의 궁전이 바다를 꾸민다
이 야 신 궁 식 태 양

잡혀간 당신 (자유시)

2023.6.7

구둣발로 마루를 마구 짓밟는
거친 소리와 함께 잡혀간 당신
다른 신 참배를 끝까지 거부하고
온갖 회유 거부해 모든 것 잃었지요

밤새우며 바느질한 옥에서 입을 솜옷이
눈물로 여기저기 얼룩졌네요
서툰 솜씨 땜에 찔린 손의 핏물도 묻었어요
당신이야말로 거기서 피눈물을 흘리고 있겠죠

그러나 당신 살 생각 하지 마시오
감히 권합니다 죽으시오! 승리하시오!
정의를 굽힐 생각 결코 하지 마시오
짐승 같은 저들 앞에 끝까지 의연하시오

그래야 당신을 만날 수 있지 않겠소
그 날에 다시 사는 날에
영원히 진정으로 사랑할 수 있지 않겠소
정의 안에서만 진정 할 수 있는 영원한 사랑을…

잡혀간 당신 (시조)

다른 신 참배 거부
하다가 잡힌 당신

밤 새워 솜 옷 짓다
피눈물 흘리지만

그러나 죽으셔야만
참된 영생 있잖소

拘禁恁 (잡혀간 당신/漢詩)
구 금 님

私神拒恁被拘危   사신 우상 거부한 당신이 구속 위험을 입었고
사 신 거 임 피 구 위

作絮衣吾泫血悲   솜옷을 짓는 나는 피와 슬픈 눈물을 흘린다
작 서 의 오 현 혈 비

但守貞伊捐壽命   그러나 정조를 지키는 당신이 목숨을 버리고
단 수 정 이 연 수 명

逢生你我得眞慈   다시 산 당신을 만난 내가 참 사랑을 얻으리
봉 생 니 아 득 진 자

133

詩·書·畵의 사랑

ⓒ 유진형, 2023

초판 1쇄 발행 2023년 7월 24일

지은이   유진형
펴낸이   이기봉
편집   좋은땅 편집팀
펴낸곳   도서출판 좋은땅
주소   서울특별시 마포구 양화로12길 26 지월드빌딩 (서교동 395-7)
전화   02)374-8616~7
팩스   02)374-8614
이메일   gworldbook@naver.com
홈페이지   www.g-world.co.kr

ISBN   979-11-388-2131-5 (03810)